Lib 51 3492

AF258149

DISCOURS

DISCOURS

SUR LE

RECENSEMENT,

PRONONCÉ

PAR M. CAZEING-LAFONT,

*Devant le Conseil-Général de la
Haute-Garonne.*

TOULOUSE,

IMPRIMERIE DE J.-B. PAYA, ÉDITEUR.

HOTEL CASTELLANE.

1841.

Messieurs,

La question du recensement est une des plus importantes qui puissent vous être soumises; elle touche à la fois et aux intérêts des contribuables, et aux intérêts du trésor, et à nos plus précieuses franchises municipales. Comme mes honorables collègues, je me suis fait un devoir de l'étudier consciencieusement, et je viens vous présenter le résultat de mes convictions; je le ferai avec modération et convenance.

Mais d'abord, pour que mes intentions soient bien comprises, je me hâte ici de le déclarer : je ne suis point un homme de parti, Messieurs; dans tous les temps et en toutes choses, je me suis appliqué à rechercher la raison, la justice, la vérité, l'avantage réel du pays. J'ai défendu et je défendrai toujours les intérêts du peuple, sans trop m'embarrasser de plaire ni au pouvoir, ni aux factions.

Je vais maintenant aborder la discussion avec la plus entière franchise.

Selon moi, Messieurs, la question se divise en deux branches :

1° Le recensement communal.

2° Le recensement général.

Quant au recensement communal, il a été réglé par notre législation de la manière la plus claire et la plus précise. Toutes les lois qui ont été rendues depuis 1790 jusqu'à nos jours, ont eu constamment pour objet de mettre les contribuables à l'abri des empiétemens du pouvoir ; elles ont défini nettement les attributions des agens des contributions et des agens des communes, pour éviter qu'il ne s'élève point de conflit entr'eux ; enfin, elles ont consacré ces deux grands principes :

Qu'aux répartiteurs seuls appartient le droit de faire l'évaluation des revenus imposables de la commune.

Qu'à eux seuls appartient le droit de faire *la répartition du contingent communal entre les citoyens.*

Les contrôleurs ne font que tenir les écritures et assister à leurs opérations.

Ces deux précieuses franchises municipales, concédées par toutes nos lois, sanctionnées par cinquante ans d'usage, respectées par tous les gouvernemens passés, nous sont acquises pour toujours. Le ministère actuel les reconnaît lui-même, comme on peut le voir par sa circulaire du 9 août dernier. Ce point doit être mis aujourd'hui hors de toute discussion.

Quant au recensement général, *Il n'a été organisé par aucune loi.* Ouvrez tous nos recueils, Messieurs, compulsez-les bien, et je vous défie d'y rien trouver, jusqu'à l'ordonnance de 1832, qui puisse nous indiquer *comment et par qui* doit être faite cette grande opération. Cependant le législateur a réglementé avec un soin minutieux tout ce qui a rapport au recensement communal ; il a rendu sept à huit importantes lois sur cette matière ; comment se fait-il qu'il n'en ait pas rendu une seule pour réglementer ce qui a rapport au recensement général ? La raison en est bien simple, Messieurs ; c'est parce qu'il a pensé qu'une pareille loi serait tout à fait inutile, et deviendrait dans nos codes une véritable superfétation ; c'est parce qu'il a pensé qu'en réunissant, qu'en additionnant tous les recensemens communaux, on obtiendrait les résultats d'un recensement général, qui feraient connaître suffisamment les forces contributives de la France.

En effet, Messieurs, qu'est-ce que la matrice de rôle ? — *C'est un tableau détaillé et complet des personnes et des revenus imposables de la commune.* La matrice de rôle n'est donc autre chose que le recensement communal. D'après l'instruction ministérielle qui accompagne la loi du 3 frimaire an VIII, tous les ans un contrôleur doit se rendre dans chaque commune : d'après le droit qui lui est attribué, il requiert le maire et les répartiteurs de s'assembler, et là, en petit comité, ils mettent la matrice de rôle au complet. Tel contribuable est-il mort ? on le raye. — Tel autre a-t-il atteint l'âge de majorité ? on l'inscrit. — Une propriété a-t-elle été vendue ? on en charge l'acquéreur, et on en décharge le vendeur. — Une maison a-t-elle été construite à neuf, et a-t-elle épuisé les années de franchise qui lui sont accordées par la loi ? les répartiteurs évaluent sa valeur locative, et le contrôleur l'impose sur-le-champ.

La matrice de rôle, quand elle est bien faite, doit présenter le tableau fidèle des forces contributives de la commune. Rien ne peut ni ne doit y échapper. En additionnant les forces contributives des communes, on connait les forces contributives du département; et en additionnant les forces contributives des départemens, on parvient à connaître celles de la France entière.

Telle est la raison qui a fait que le législateur n'a pas cru nécessaire d'*organiser* le recensement général par une loi. Il s'est borné à bien *réglementer*, à bien *organiser* le recensement communal, et il a pensé que cette base devait suffire au gouvernement pour connaître l'étendue des richesses de la France, et pour opérer la péréquation de l'impôt.

Comme vous le voyez, Messieurs, la loi est muette sur le mode à suivre dans le recensement général; cependant le gouvernement déclare hardiment être seul investi du droit de faire faire par ses agens toutes les opérations nécessaires à cet égard. Voyons sur quels textes il fonde d'aussi hautes prétentions.

Il invoque la loi du 22 brumaire an VI, et l'instruction législative qui l'accompagne. Cette loi définit parfaitement les attributions des contrôleurs, mais je ne vois nulle part qu'elle leur donne le droit de faire le recensement général. Le paragraphe 1er de l'instruction législative s'exprime ainsi :

« La matrice de rôle est la base de toute répartition individuelle. Cette importante opération, qui, fixant les évaluations des revenus des citoyens, fixe par la suite toute cotisation, est faite *par les répartiteurs* choisis par les contribuables mêmes; mais la rédaction matérielle de cette matrice, les calculs, états et tableaux qu'elle exige, seront rédigés par le commissaire (le contrôleur.) »

Plus loin il est dit :

« Il (le contrôleur) rédigera sur-le-champ cette matrice ou cet état de mutation dans la forme prescrite par les lois ; *mais dans tout ce qui concerne les indications des biens ou les évaluations des revenus, il n'aura point voix délibérative, et ne fera que transcrire les indications et les évaluations arrêtées par les seuls répartiteurs, à la majorité des voix.* »

Comme vous le voyez, Messieurs, cette loi fait deux parts dans la confection des matrices : les répartiteurs sont chargés *de l'évaluation des revenus;* les contrôleurs sont chargés seulement *de tenir les écritures* comme de simples secrétaires, *sans même avoir voix délibérative.*

Le gouvernement invoquera-t-il l'article 12 de cette même loi? Voici comment il s'exprime :

« Les divers employés de l'agence des contributions sont de plus chargés, sous la surveillance du ministre des finances, de rassembler *tous les renseignemens et matériaux propres à perfectionner l'assiette et la répartition des contributions directes.* »

Pourquoi la loi charge-t-elle les contrôleurs de prendre ces renseignemens? c'est pour que, chaque année, lorsqu'ils von faire la rectification des matrices, ils fassent part de leurs découvertes aux répartiteurs, afin qu'aucune parcelle de la matière imposable ne puisse échapper à l'impôt.

Maintenant je le demande à tout homme de bonne foi. Ce droit de prendre des renseignemens, que la loi donne aux contrôleurs, peut-il équivaloir à celui de faire le recensement général? Cette induction forcée n'est-elle pas absurde? Qu'est-ce qu'un renseignement? C'est une simple information. — Qu'est-ce qu'un recensement général? C'est une série immense d'évaluations. Ces deux opérations ne sont-elles pas complètement distinctes, complètement différentes? La loi de l'an VI interdit aux contrôleurs le droit de faire les évaluations du revenu imposable des communes, et vous voulez qu'elle leur donne le droit de faire les évaluations des revenus imposables de l'état entier?

Reconnaissons-le franchement : la loi de l'an VI ne s'est exclusivement occupée que du recensement communal, c'est-à-dire de la confection de la matrice de rôle; toutes ses dispositions n'ont porté uniquement que sur cet objet, mais elle n'a jamais songé à rien stipuler relativement au recensement général.

Ce droit que la loi de l'an VI n'a point donné au gouvernement, il prétend le puiser dans un tout petit article de deux lignes qui se trouve à la fin de la loi des dépenses du 15 septembre 1807.

Cet article 39 porte :

« Les directeurs des contributions directes sont spécialement chargés de la tenue des livres, des mutations des propriétés cadastrées. »

Ils continueront de faire faire chaque année les recensemens et autres opérations aux rôles des propriétés bâties, et à ceux de la contribution personnelle et mobilière, et des portes et fenêtres.

C'est là-dessus que le ministère a bâti le système d'usurpation qui aujourd'hui cause tant de désordres.

Eh bien, que veut dire cet article 39, loyalement interprété?

Le directeur des contributions est le chef d'une vaste administration, ayant sous ses ordres beaucoup d'employés. La loi lui ordonne de continuer à faire faire l'opération des recensemens comme par le passé. Mais de quels recensemens cette loi entend-elle parler? est-ce du recensement général? est-ce des recensemens communaux?

L'article 36 de cette même loi vient nous fournir à cet égard toutes les explications nécessaires. Il dit :

« Le contingent des propriétés bâties, une fois réglé, sera réparti, chaque année, d'après les recensemens, comme il en est usé aujourd'hui.

» *Les répartiteurs continueront, à cet égard, leurs fonctions, de même que pour la répartition de la contribution personnelle et mobilière.* »

Ainsi, quand la loi de 1807 charge les directeurs de faire faire des recensemens, *dans lesquels les répartiteurs doivent continuer à remplir leurs fonctions,* c'est évidemment des recensemens communaux qu'elle entend parler, car c'est dans ceux-là seulement que la loi leur assigne un rôle. Elle ne peut avoir eu en vue les recensemens généraux, car dans ceux-ci, d'après le système adopté aujourd'hui par l'administration, les répartiteurs ne sont point appelés à y prendre part. Ce sont les contrôleurs seuls qui opèrent.

Vous voyez, Messieurs, que la loi du 15 septembre 1807, comme la loi du 22 brumaire an VI, n'a eu pour unique objet que le recensement communal. Encore un coup, les lois anciennes n'ont point songé à *organiser* le recensement général, parce qu'elles ont pensé qu'une pareille mesure devenait inutile, attendu qu'on pourrait toujours, en additionnant les recensemens communaux, se procurer les résultats d'un recensement général. Le législateur a-t-il eu raison d'en agir ainsi ? a-t-il eu tort ? c'est ce que je ne me permettrai point de juger. Je me contente de citer un fait.

J'ignore si, avant 1830, il a été fait des recensemens généraux par les seuls agens des contributions directes; mais si de pareilles opérations ont été faites, je soutiens qu'elles ont été complètement illégales, radicalement nulles, et qu'elles ne sont obligatoires pour personne.

Après la révolution de 1830, la France se vit menacée d'une guerre générale. M. Laffitte se trouvant, en 1831, ministre des finances, présenta aux chambres son fameux projet de loi pour convertir certains impôts de répartition en impôts de quotité. Vous vous souvenez, Messieurs, des discussions retentissantes qui eurent lieu à cette époque. Cet essai ne fut pas heureux. M. Laffitte cherchait alors, comme aujourd'hui M. Humann, *à faire rendre à l'impôt tout ce qu'il peut produire*. Pour bien connaitre l'étendue de la matière imposable de la France, il imagina de faire faire un recensement général par les seuls agens des contributions directes. Cette mesure arbitraire produisit un grand mécontentement, et bientôt M. Laffitte quitta le ministère. En 1832, M. Humann ayant été appelé à le remplacer, fut frappé des réclamations qui s'élévaient de toutes parts contre les empiétemens du pouvoir. On demandait à grands cris que le recensement général s'opérât, à l'avenir, *contradictoirement par les agens du fisc et les agens des communes*. Trouvant ces plaintes légitimes, M. Humann les prit en considération, et dans un rapport qu'il adressa au roi, le 21 avril 1832, il lui proposa de régulariser la mesure du recensement général, en posant les règles qui doivent présider à son exécution.

Voici, Messieurs, la teneur d'ailleurs fort courte de ce rapport :

« Sire ,

» Aux termes de l'article 31 de la loi du 21 avril 1832, il doit être soumis aux chambres, dans la session de 1834 , un nouveau projet de répartition entre les départemens , tant de la contribution personnelle et mobiliére, que de la contribution des portes et fenêtres.

» En ce qui concerne les portes et fenêtres, l'administration sera en mesure de satisfaire au vœu de la loi , au moyen du recensement général qui a déjà été exécuté dans la majeure partie des villes et des communes du royaume, et qui se termine en ce moment dans le petit nombre de celles où des circonstances particulières en avaient nécessité l'ajournement.

» Il n'en est pas de même pour la contribution personnelle et mobilière. Les valeurs locatives d'habitations qui, d'après la loi du 23 juillet 1820 , doivent servir de base à la répartition de cette contribution entre les départemens, *ayant été fixées sans la participation des parties intéressées, l'exactitude des résultats obtenus a été généralement contestée*, et il devient indispensable de fournir aux chambres de nouveaux documens *qui, ayant été recueillis avec le concours des autorités locales et des contribuables eux-mêmes*, ne laissent aucun doute sur la véritable force contributive des départemens, ou donnent au moins les moyens de vérifier et de juger en connaissance de cause des réclamations qui pourraient s'élever. Tel est le but de l'ordonnance royale dont j'ai l'honneur de soumettre ci-joint le projet à l'approbation de votre Majesté. »

» Le roi, adoptant les bases de ce rapport, rendit le même jour 21 avril 1832, l'ordonnance ci-après :

2

Louis-Philippe, roi des Français,

Vu l'article 31 de la loi du 21 avril 1832, ainsi conçu :

« Il sera soumis aux chambres dans la session de 1834, et ensuite de cinq en cinq années, un nouveau projet de répartition entre les départemens, tant de la contribution personnelle et mobilière, que de la contribution des portes et fenêtres.

» Vu l'article 19 de la loi du 23 juillet 1820, portant que pour la contribution personnelle et mobilière, le contingent des départemens, des arrondissemens et des communes, sera désormais fixé d'après leurs valeurs locatives d'habitations ;

« Voulant que le montant de ces valeurs locatives d'habitations soit évalué dans chaque localité, *contradictoirement, et avec le concours des parties intéressées ;* »

Sur le rapport de notre ministre secrétaire d'état des finances, Nous avons ordonné et ordonnons ce qui suit :

Art. 1er Les matrices des valeurs locatives d'habitation établies en exécution de la loi du 26 mars 1831, seront révisées dans chaque commune, complétées et rectifiées, s'il y a lieu, *par le maire et par deux commissaires nommés par le conseil municipal, avec l'assistance d'un contrôleur des contributions directes.*

Art 2. Le maire et les deux commissaires nommés par le conseil municipal, toujours assistés du contrôleur des contributions directes, se livreront à la formation des matrices dont il s'agit, dans les communes où la loi du 26 mars 1831 n'aurait pas encore été, sous ce rapport, convenablement exécutée. etc., etc.

Telles sont, Messieurs, les règles que le gouvernement jugea alors convenable de s'imposer lui-même, pour opérer équitablement à l'avenir la mesure des recensemens généraux.

« Il me reste maintenant à considérer cette ordonnance dans toutes ses faces.

Mais d'abord, est-elle légale? — Oui, puisque les principes qu'elle établit sont les mêmes que ceux consacrés par nos lois. Cette ordonnance appelle le maire et deux commissaires de la localité, à prendre part, de concert avec les contrôleurs, au recensement général. Ces mêmes attributions leur ont été données par nos lois pour opérer les recensemens communaux. Vous voyez, Messieurs, que cette ordonnance est parfaitement légale puisqu'elle se fonde dans toutes ses parties sur notre droit commun.

A-t-elle été rapportée par quelque autre ordonnance? — Jamais.

Renferme telle quelque clause qui limite sa durée? — aucune.

Mais nous dit-on : l'article 31 de la loi du 21 avril 1832 ayant été abrogé par la loi du 14 juillet 1838, l'ordonnance de 1832 n'ayant pris naissance qu'en vertu de cet article 31, se trouve abrogée aussi. Ce raisonnement repose sur une erreur grossière qu'il ne me sera pas difficile de démontrer.

Que veut, en effet, l'article 31 de la loi de 1832? — Que le recensement *se fasse tous les cinq ans.*

Que veut la loi de 1838? — *Que ce même recensement se fasse tous les dix ans.*

Ces deux lois diffèrent seulement sur la période de temps, mais toutes les deux sont d'accord sur le principe; toutes les deux veulent et prescrivent également le recensement.

Or, que fait l'ordonnance de 1831? — Elle organise purement

et simplement le recensement, *sans s'occuper de la période de temps.*

Vous voyez donc bien que cette ordonnance se trouve en parfaite harmonie avec la loi de 1838, et que, par conséquent, elle est pleine de force. Pour qu'elle fût abrogée, il faudrait que le recensement fût abrogé aussi. Mais tant que le recensement subsistera par la volonté de la loi, l'ordonnance qui organise ce recensement subsistera aussi, jusqu'à ce qu'elle soit rapportée ou modifiée par une disposition légale subséquente.

Mais pourquoi le gouvernement met-il une telle insistance à s'affranchir de toutes les règles, à repousser l'intervention de tous les hommes de la localité, et à vouloir que le recensement se fasse par ses seuls agens? Ses intentions sont assez faciles à comprendre; *elles ont une portée immense, et elles ne tendent à rien moins qu'à mettre toutes les fortunes des contribuables à la merci du pouvoir.* En effet, Messieurs, les hommes dont il entend se servir sont de simples employés, dont il tient l'existence dans ses mains, qui attendent tout de lui, et qu'il peut briser ou élever, selon son bon plaisir. Ces hommes poussent l'obéissance à son égard jusqu'à l'abnégation, et le dévouement jusqu'au fanatisme. Si le gouvernement leur ordonne d'augmenter la matière imposable dans leurs évaluations sans contrôle, ils l'augmenteront; s'il leur ordonne de la doubler, ils la doubleront; s'il ne leur prescrit rien, ils l'exagéreront encore, poussés qu'ils sont par leur partialité. Et remarquez, Messieurs, de quelle manière cavalière opèrent ces contrôleurs : sans avoir aucune connaissance des valeurs locatives des diverses communes, ni sans avoir à leurs côtés des magistrats qui puissent les en instruire, ils arri-

-vent à l'improviste dans les localités pour y faire le recensement;
ils entrent dans chaque maison qu'ils trouvent ouverte, et après
avoir jeté un coup-d'œil furtif sur l'état de son mobilier, ils lui
imposent arbitrairement le premier chiffre qui leur vient dans la
pensée. Cette opération si grave, qui devrait être faite avec tant
de soin et de réflexion, est pour eux l'affaire de quelques mi-
nutes. Si la maison leur est fermée, peu importe; sans même la
voir, les contrôleurs fixent toujours sa valeur locative; ce sont
des oracles qui ne peuvent dans aucun cas se tromper!

Maintenant, je vous le demande, Messieurs, quelle confiance
peut mériter un pareil travail? N'est-il pas le fruit du plus
monstreux arbitraire? Ne doit-il pas pulluler d'erreurs? et cependant le ministre le tient pour parfait : il prétend le présenter
aux chambres comme l'expression de la plus exacte vérité. Il
dira aux députés : vous le voyez : la France est bien plus riche
que nous ne le croyions; jusqu'à présent sa fortune avait été
dissimulée par les représentans des communes; mais nos contrôleurs ont découvert que sa matière imposable est réellement
deux fois plus forte qu'on ne l'avait supposé. Doublez sans
crainte les impôts, Messieurs; la France peut les supporter !

Dans une pareille situation, que pourront faire les chambres ?
Croyant à l'exactitude des renseignemens qui leur seront fournis
c'est sur cette détestable base qu'elles procèderont à un nouveau
remaniement des contingens départementaux, et qu'elles se
laisseront entraîner à établir des charges nouvelles. L'imagina-
tion s'effraie en songeant aux conséquences déplorables qui
pourront en résulter pour la France !...

Le recensement général est en lui-même une bonne chose,

puisqu'il doit servir à une répartition plus proportionnelle de l'impôt ; mais pour qu'on puisse croire à l'exactitude de ses évaluations, il faut qu'elles soient faites *contradictoirement par les représentans du fisc et par les représentans des communes*. Dans une opération aussi grave, il est juste, il est convenable que tous les intérêts, tant ceux du gouvernement que ceux des contribuables, soient également défendus. Peut-on dire qu'on atteint un pareil résultat quand se sont les seuls agens du gouvernement qui opèrent, quand ils ne suivent d'autre règle que leur caprice, et quand les représentans des localitées sont repoussés et méconnus ?

Il me reste, Messieurs, à vous soumettre une dernière considération. N'écoutant que les sentimens d'équité qui l'animent, le conseil général de la Haute-Garonne a voulu, lui aussi, établir dans notre département une péréquation plus exacte de l'impôt. Il a chargé six fois l'administration des contributions directes de se livrer à des études à cet égard. Six fois cette administration à essayé d'évaluer le revenu imposable, tantôt d'après un système, tantôt d'après un autre, et six fois le conseil général a repoussé son travail, comme infecté d'arbitraire, et comme ne reposant sur aucune base certaine. Serait-il possible que ce que nous avons rejeté avec tant de dédain pour notre département, le gouvernement veuille le faire admettre pour la France entière ?

Protestons énergiquement, Messieurs, contre ces prétentions usurpatrices du pouvoir ; elles troublent le repos du pays, elles soulèvent toutes les passions, elles mettent en péril toutes les fortunes. Par ces motifs, j'ai l'honneur de proposer au conseil :

1° De déclarer que le mode actuel de recensement *est illégal et arbitraire*, attendu qu'il viole l'ordonnance du 21 avril 1832, sous l'empire de laquelle nous nous trouvons.

2° De demander que le gouvernement en revienne purement et simplement aux règles tracées par cette ordonnance, si mieux il n'aime faire rendre, par les chambres, une loi spéciale à cet égard.

BIBLIOTHÈQUE ROYALE

www.ingramcontent.com/pod-product-compliance
Lightning Source LLC
Chambersburg PA
CBHW051433060726
47596CB00006B/2475